P.-E. & Ch. D.

Rimes d'Automne

Illustrées par Mlle Marie M.

AMIENS
IMPRIMERIE DELATTRE-LENOËL

1896

RIMES D'AUTOMNE

P.-E. & Ch. D.

Rimes d'Automne

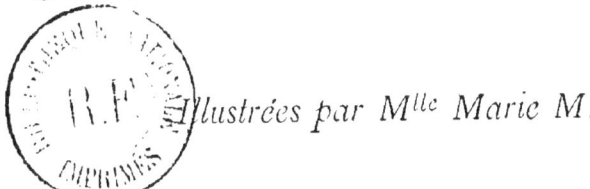

Illustrées par Mlle Marie M.

AMIENS

IMPRIMERIE DELATTRE-LENOËL

—

1896

AUX AMIS.

Quoi que vous en pensiez après l'avoir ouvert,
En paix sur vos rayons que ce livre repose,
Et, sans être importun, de ceux qui l'ont offert
Vous dise l'amitié,... s'il ne peut autre chose.

P.-E.

PORTRAIT.

Son regard bleu sourit,
Sa chevelure est blonde,
Or du blé qui mûrit ;
Sa taille est svelte et ronde.

Elle a vingt ans demain
Et ne connaît, rieuse,
Que les fleurs du chemin
Où fuit la vie heureuse.

Des mécomptes du temps
Sa bonté me console...
Mais, quand vient le printemps,
L'oiseau, charmé, s'envole !

P.-E.

BRUNE ET BLONDE.

En me voyant entre les deux,
　　Souriant à chacune,
On ne saurait si j'aime mieux
　　Ou la blonde ou la brune.

Il faut, quand je veux faire un choix,
　　Que l'amour les confonde,
Car je chéris tout à la fois
　　Et la brune et la blonde.

Pour calmer les prudes censeurs,
　　J'éclaircis ce mystère :
C'est que brune et blonde sont sœurs...
　　Et que je suis leur père.

　　　　　　　　　　P.-E.

MON VILLAGE.

Te reverrai-je encor, village où je suis né,
De mon rire d'enfant, de ma première larme
Témoin demeuré cher, s'il fut abandonné ?
Que reste-t-il en toi d'un passé plein de charme ?
Je ne sais, mais je veux de mon premier printemps,
De l'âge où l'on voit beau, comme dans un mirage
Où de lointains pays à nos yeux sont présents,
Avec le souvenir évoquer ton image.

Mon village est petit, sous les arbres caché

Dans la plaine picarde : il a nom Ramburelles,

Un doux nom sans histoire, auquel n'est attaché

Nul récit glorieux des sanglantes querelles

Où les rois de jadis s'arrachaient le pays.

On n'y voit pas de tour altière et crénelée

Où les seigneurs du lieu, maintes fois assaillis,

S'enfermaient tout meurtris des coups de la mêlée ;

Ni cloître d'abbaye aux arceaux fléchissant

Sous la ronce et le lierre, en l'oubli des années ;

Ni vestiges royaux invitant le passant

A s'incliner devant des gloires couronnées ;

Ni fleuve, ni ruisseau, ni forêt, val ou mont,

— Ce qui fait un tableau d'un coin de paysage. —

   Sa poésie ?... Elle est dans les vergers qui font

Une verte ceinture aux maisons du village,

Dans les hauts peupliers, les ormes tortueux

Jaillissant de partout en gerbes de fusées,

Pour sillonner l'azur où le ciel nuageux ;

Dans la paix du repos en ces ruches boisées,

Quand l'essaim est aux champs, épars dans les moissons ;

Dans les grands vents de mer qui, l'été, sur la plaine

Font tressaillir les blés courbés en longs frissons ;
Au printemps, font neiger sous leur sifflante haleine
Les fleurs des blancs pommiers ; et, l'hiver, font courir
Sur le sol tout rugueux les feuilles desséchées
Au pied des arbres nus, tristes de voir mourir
Ces filles de leur sève à leur cime arrachées.

Tout autour, le village, au lieu de murs terreux,
Est ceint d'un frais réseau de verdoyantes haies
Où chantent les oiseaux, où les buissons ombreux
Balancent à la brise et les fleurs et les baies
Du houx, de l'aubépine enlaçant les ormeaux,
Se mêlant aux sorbiers, aux églantiers sauvages,
Pour abriter des nids et former des berceaux.
C'est là, dans le sentier bordant tous nos villages
D'un discret promenoir, que vont les amoureux
Quand dorment les oiseaux, quand la terre est voilée,
Gazouiller à leur tour la chanson des heureux
Et raconter leur rêve à la nuit étoilée.

Pour moi, naïf enfant, j'ouvrais mon cœur aimant
A ce que je voyais de l'immense nature ;
Prenant pour l'univers ce coin de firmament,
Ces champs, ces blés, ces *plants*, leurs fleurs et leur verdure.

Pour un temps, ma famille avait fait artisans
Des fils de laboureurs ; et bien des maisonnettes
Eurent leur atelier, où de gais tisserands
Le long du jour chantaient en chassant les navettes
A travers les longs fils tendus sur le métier,
Que leurs bras et leurs pieds manœuvraient en cadence.
Ces bruits et ces chansons à l'écho familier,
Après ceux de ma mère, ont bercé mon enfance.

Je me souviens aussi, près du toït paternel,
De vastes bâtiments cernant la cour carrée,
Où passaient, repassaient, remous habituel,
Ouvriers et marchands à l'allure affairée.
Il arrivait des chars remplis de coton blanc
Dont les fils, dépliés et baignés dans des cuves,
En ressortaient noirs, bleus, ou d'un rouge de sang ;
Puis on les suspendait ruisselants aux étuves,
Ou dans de grands séchoirs ouverts à tous les vents,
Qui les faisaient flotter comme des chevelures.
C'était plaisir de voir les écheveaux mouvants
Se tordre et s'enlacer en leurs bariolures.

Les tissus fabriqués dans les longs magasins
S'alignaient aux rayons ou s'étageaient en piles ;
Et nous allions enfants, tous frères ou cousins,
Nous y cacher, rampant en replis de reptiles :

Ce qui pour l'homme est peine est un jeu pour l'enfant.
Lorsque chassés, ou las des profondes cachettes
Où l'on se blottissait dans l'ombre en étouffant,
Pour délier nos corps et nos langues muettes,
Nous sortions en criant, ainsi que des poulains
Qu'on lâche dans les prés, nous courions par les routes,
Les vergers et les champs, gonflant nos poumons pleins
Des salubres vapeurs dans l'air libre dissoutes.

Nos pères le dimanche avec les paysans,
Leurs ouvriers surtout, jouaient, eux, sur la place
Que de grands peupliers dans les étés cuisants
Abritaient du soleil. Comme un oiseau qui passe,
La balle fendait l'air, par des gants à tambour
A grand bruit pourchassée ; et, faisant galerie,
Les vieux applaudissaient. A la chute du jour,
Quand l'ombre prête un voile à la galanterie,
Aux accords du cornet mêlés au violon,
Les garçons en dansant faisaient sauter les filles,
A qui ferait plus haut voler leur cotillon,
Et les amours naissaient sous les yeux des familles.
Des groupes enlacés s'écartaient dans le noir
Des arbres recourbés en berceau sur la route,
Et l'on croyait, tout bas, comme aux adieux du soir,
Entendre des baisers s'échanger sous la voûte.

Les amoureux passaient auprès d'un vieux tilleul
Qui sur eux étendait ses grands bras tutélaires
Avec la majesté d'un vénérable aïeul,
Pour bénir leurs amours après ceux de leurs pères.
Puis ils faisaient le tour, sous le ciel étoilé
Qui s'y réfléchissait, d'une rustique mare
Dont le miroir, au bord discrètement voilé,
Brillait sous le rideau de trembles qui la pare.
Ils longeaient au retour, sans trouble et sans remords
Le petit cimetière où les corps des ancêtres,
Se mêlant d'âge en âge à la terre des morts,
Reposent près des lieux de leurs plaisirs champêtres.
    Au milieu des tombeaux ombragés de pommiers
Se dressait notre église, humble chapelle blanche,
Où tous les villageois, les plus fiers les premiers,
Venaient s'agenouiller, alors, chaque dimanche.
Des mystères sacrés révélés à mon cœur
J'y recueillis la foi. Sous la voûte nimbée
D'un dôme lumineux brillant au fond du chœur,
Blancs fantômes debout sur la crête courbée
De flocons nuageux dans l'éther suspendus,
La Vierge ouvrait les bras à son fils de la terre ;
Près d'elle se tenait son fils divin Jésus,
Qui me montrait le ciel en m'appelant son frère...

Des souvenirs moins doux me restent du village...
Les beaux jours de l'enfance ont aussi leurs chagrins,
Mais que sont-ils auprès des peines d'un autre âge ?
Nuages passagers, courts orages ou grains,
D'un ciel ensoleillé les larmes sans durée.
    Il vient trop tôt le temps où l'enfant écolier
Quitte ses champs aimés pour la vie emmurée
Du collège, où dix ans en font un bachelier...
    De ceux que j'y connus beaucoup peuplent les tombes ;
Les autres, comme moi, sont au loin dispersés
Et ne reviendront plus, comme font les colombes,
Au nid se reposer des pays traversés.
On n'entend plus, le jour, le tic-tac des navettes
Courant sur les métiers, ni des gais artisans
Les chansons sans arrêt. Loin des maisons muettes
Leur travail aujourd'hui retient les paysans.
La fabrique elle-même a pris un air rustique,
De tous ses magasins on a fait des greniers.
Les logis, au contraire, ont, suivant l'*esthétique*,
Emprunté leur parure aux styles grimaciers
Des villas à la mode ; et ma maison détruite,
Avec les plants connus de son jardin français,

Est tombée en mettant mes souvenirs en fuite ;
Sa place n'est qu'un coin d'un nouveau parc anglais.

Puisqu'on ne m'attend plus au lieu de ma naissance,
Que l'homme au temps s'est joint afin d'y tout changer,
D'où vient donc mon désir, après si longue absence,
De le revoir, sachant que j'y suis étranger ?
C'est qu'en voyant sa tombe au terme de la route
L'homme un instant s'arrête et, détournant les yeux,
Les reporte en arrière. Il regarde, il écoute,
Et de tout son passé ce qu'il revit le mieux
C'est le jour le plus loin de la chute fatale.
Et puis, il reste au cœur, pour le faire gonfler,
Comme un peu du levain de la terre natale
Qui s'agite, s'il sent l'air du pays souffler...
Je voudrais bien savoir si, sur la belle place
Aux peupliers ombreux, les hommes font toujours
Avec leurs gants de bois, à grand bruit, dans l'espace,
Voler les durs *éteux ;* si, témoin des amours
Et des danses du soir, le vieux tilleul encore
Bénit les serments faits sous ses bras en passant...
Si le même rideau de hauts trembles décore
La mare où se mirait, dans les rameaux glissant,

La lune, aux nuits d'été... Si dans la blanche église,
Sur la nue éthérée au-dessus de l'autel,
A travers les vapeurs du feu d'encens qui grise,
Aux petits d'aujourd'hui Jésus montre le ciel...

                                   Ch.

RENOUVEAU.

Des fleurs de mai l'essence exquise
A parfumé l'aube du jour,
Un rayon vient dorer la brise,
Avec le printemps naît l'amour.
C'est l'heure où, d'en haut, la fauvette
Perle sa première chanson,
L'heure où sur son cœur la fillette
Sent passer le premier frisson.

Puis, sous la voûte ensoleillée,
C'est un duo qui charme l'air,
Et sous le toit, à la veillée,
On redit les serments d'hier.
Demain, dans l'ombre et le mystère,
Un nid moelleux se blottira,
Et bientôt, autour de la mère,
La charmille gazouillera...

Les douces choses passent vite
Pour la fillette et pour l'oiseau ;
Un jour, sur le cœur qui palpite,
Sur la chanson dans le berceau
L'hiver pose ses doigts de glace,
Et déjà c'est fini d'aimer !
Le rayon d'or a fui l'espace,
Déjà c'est fini de chanter !

Des frimas les sombres cohortes
Ont assombri ce ciel si gai,
Et le tapis des feuilles mortes
A recouvert les fleurs de mai.
Au nid désert de la charmille
L'espoir cependant survivra ;
L'amour a créé la famille,
Pour elle un printemps renaîtra.

P.-E.

TOAST D'ANNIVERSAIRE.

26 Février 1892.

En célébrant, comme il convient,
Votre premier anniversaire,
Du passé plus d'un se souvient
Et voudrait pouvoir le refaire.
Regrets, hélas ! bien superflus,
Il faut laisser la place aux autres.
Puisque nos beaux jours ne sont plus,
Sachons jouir un peu des vôtres.

Si vous ne pouvez retenir
Ces jours heureux au vol rapide,
Puisse briller votre avenir
Comme au ciel pur l'azur limpide !
C'est le souhait des vieux parents ;
J'y veux ajouter quelque chose,
Car il faut penser aux absents :
A la santé du Bébé rose !

P.-E.

LA MER LUMINEUSE.

Sous le voile des nuits quand tu viens au rivage,
En murmures discrets, ou bruits tumultueux,
Raconter les récits de ton dernier voyage,
Mer, d'où vient que parfois tes flots sont lumineux ?

La vague en déroulant son éclatant sillage
Semble donner au sol des baisers amoureux ;
Est-ce, en ces nuits d'été, l'éternel mariage
De la grève et du flot que célèbrent tes feux ?

Roules-tu dans ton sein des éclats de la pierre
Qui fait pâlir l'étoile ? Ou bien, comme la terre,
As-tu tes vers luisants, ta vivante clarté ?

N'est-ce pas à l'éclat de ces flots d'étincelles
Que les Grecs éblouis ont cru voir naître d'elles
La divine splendeur de Vénus-Astarté ?

                                        Ch.

A PAUL.

Te voilà donc, mon mignon,
  Un tout petit homme
De quatre ans, bon, pas grognon,
  Bien gentil, en somme.
Mais que tu sais bien, lutin,
  Taquiner ton père,
Et, pour dominer, malin,
  Câliner ta mère !

A'ton âge séduisant
  Tout est gentillesse,
Et le temps fuit, pour l'enfant,
  Dans une caresse.

A l'homme les rudes jours,
    Luttes de la vie,
Que, jeune, il attend toujours,
    Que, vieux, il envie !

Le sort, qu'on ne peut prévoir,
    Souvent nous déroute,
Mais, quel qu'il soit, du devoir
    Regarde la route.
Mignon, ce que tu feras
    Le verrai-je faire ?
Quand, aussi, tu rimeras,
    Où sera grand'père ?

                        P.-E.

LES DEUX CHIENS.

Je connaissais jadis, ensemble demeurant,
Mais de forme, de goûts et d'instinct différant,
Les deux chiens d'un fermier. Le premier, d'une race
Estimée et de prix, superbe chien de chasse,
Gracieux, séduisant. C'était le favori,
L'heureux mortel à qui la fortune a souri !
Ses fredaines toujours passaient pour gentillesses ;
A lui les bons morceaux, les douceurs, les caresses.
Son mérite, du reste, égalait sa beauté ;
Rapporter, c'était là sa moindre qualité,
Mais il avait *le nez*, et *l'arrêt*, et *la quête*.
Bref, chacun l'admirait, chacun lui faisait fête.
Tout autre le second, au poil fauve, hérissé ;
Simple chien de berger, au dur travail dressé,
Sous sa robe rugueuse il payait peu de mine,
Et son grand corps osseux semblait crier famine.
Il eût, tout comme un autre, aimé courir les bois,
Mais, ami du devoir et fidèle à ses lois,

Devant tous ses moutons il restait là, de garde,
Des moissons du fermier modeste sauvegarde.
Puis lorsque, tout au soir, on rentrait du pâtis,
Son dévoûment, la nuit, protégeait le logis.
L'admirer, le choyer, aurait été justice ;
Ne sachant qu'être utile et que rendre service,
Dans son labeur obscur il vivait méconnu ;
N'ayant rien pour briller, il restait inconnu.

Certe, il est naturel d'exalter ce qui brille,
La beauté, le talent, ou l'esprit qui pétille,
Mais il est d'autres dons qu'on doit aussi vanter.
Sans éblouir le monde et sans rien inventer,
Le plus humble, à coup sûr, peut avoir un mérite :
Celui du bien qu'il fait et du mal qu'il évite.

P.-E.

PYRÉNÉES.

I

LE TORRENT DU CŒUR.

Au milieu d'un torrent tombant des Pyrénées,
Dont les bras frémissants s'ouvrent pour l'enlacer,
Se dresse un îlot vert où nul ne peut passer :
C'est un cœur de granit aux roches gazonnées.

S'il pousse quelques fleurs parmi les graminées
On ne peut les cueillir. Sur lui vient s'amasser,
Inutile dépôt, tout ce qu'a fait glisser
Dans ses eaux le torrent, au long cours des années...

Lorsque la volupté de ses bras enlaçants
Etreint le cœur de l'homme, à ces liens puissants
Il ne peut s'arracher et cesse d'être libre.

La passion qui gronde en lui comme un torrent
L'assourdit et l'énerve ; et, même s'il entend
L'alarme du tocsin, en lui plus rien ne vibre.

II

LE GOUFFRE D'ENFER.

Des sublimes glaciers dans l'éther suspendus,
Où se fond des hivers la neige accumulée,
L'eau jaillit ; et ses flots en nappes répandus
Réfléchissent du ciel l'image immaculée.

L'orgueilleuse en son sein croit que sont descendus
Les astres lumineux ; qu'à leur course mêlée,
Corps céleste, elle roule aux orbes défendus,
Dans l'espace, à jamais de la terre envolée.

Mais bientôt, débordant au bout du roc altier,
Elle trouve le vide, un insondable abîme,
Où son torrent sans fin s'engouffre tout entier.

Ainsi l'ange déchu, l'orgueilleux Lucifer,
Pour monter jusqu'à Dieu, de son faîte sublime
Précipité... roula dans le gouffre d'Enfer.

III

LE LAC D'OO.

Beau lac qui réfléchis et la montagne sombre
Et le ciel orageux, il me semble en toi voir
Le grand œil de Carmen, plein d'éclairs et plein d'ombre,
Où l'on puise l'amour avec le désespoir.

Ch.

LE. CLOCHER.

Je reviens visiter l'église du village
Où j'ai, loin des soucis, passé mes premiers ans.
A ses murs ont grimpé de vieux lierres errants,
Et les ormes grandis l'encadrent de feuillage.

Sur les tombes, autour, les saules languissants
Ont semé leurs rameaux déchiquetés par l'âge.
Ici, comme autrefois, je revois le visage
Des amis disparus qui remplissaient les bancs.

3

C'est là que si souvent s'agenouilla ma mère !
Vers elle de mon cœur s'élève la prière
Qu'elle nous apprenait en dirigeant nos pas...

Vieux saints, tableaux naïfs, douce voix de la cloche,
Tout de ces jours lointains me parle et me rapproche.
Il est des souvenirs que le temps n'atteint pas !

P.-E.

A PÉTRARQUE.

Sans biens et sans patrie, à vingt ans orphelin,
Pétrarque, tu nous dois tout l'éclat de ta vie.
L'Italie en a vu l'aurore et le déclin,
Mais Avignon pour elle est un objet d'envie.

C'est là qu'un pur amour, ô pauvre Florentin,
Te fit poète et grand. Par tes accents ravie,
La terre connut Laure et plaignit ton destin.
Par sa rigueur surtout ta gloire fut servie.

Aurais-tu, plus heureux, exhalé ton ivresse,
Comme en vers si touchants s'épancha ta tristesse,
Toi qui nous as fait croire à l'amour éternel ?

Ah ! bénis la vertu qui fixa ta constance :
C'est Laure, en te forçant d'aimer sans espérance,
Qui te fit malheureux, mais te fit immortel !

Ch.

LA ROSE ET L'EDELWEISS.

Qu'es-tu donc ? disait une rose
    A la fleur du glacier.
Sur ces pics où le sort t'expose
    N'est-il pas singulier
Qu'on affronte la neige et le vertige
Pour posséder ta misérable tige ?
    Sans parfum, sans couleur,
    Es-tu plante, es-tu fleur ?
    Et qu'as-tu pour séduire ?
    — Comme tous je t'admire,
Reprit l'humble fleur du Cervin,
Mais sans envier ton destin.

Qui, demain, parlera de tes feuilles fanées ?

> Que sert d'avoir brillé
> Si l'on est oublié ?

Quant à moi, je verrai s'écouler les années

> Sans subir du temps la disgrâce.
> A toi le présent, j'aurai l'avenir ;
> N'es-tu pas le plaisir qui passe ?
> Ne suis-je pas le souvenir ?

P.-E.

LA PETITE CHIFFONNIÈRE.

Croquis de la rue.

Dans la triomphale avenue
Où l'on voit, aux fêtes du Bois,
Défiler en grande tenue
Des cortèges où sont des rois,
Tout l'hiver, aux premières heures,
Sous la neige et sous les vents froids,
Au seuil des plus riches demeures,
Une enfant souffle dans ses doigts.

Sur le bord d'un trottoir assise,
Serrant contre son corps fluet
Son petit châle en laine grise,
L'enfant regarde et fait le guet.
Tous les jours c'est la même attente.
Que vient-elle en ce lieu chercher ?
Qu'est-ce qui l'attire et la tente ?
Quel aimant semble l'attacher ?

Est-ce un espion de quelque bande
Exploitant ce riche quartier ?
Est-ce du pain qu'elle demande ?
Ou bien, fait-elle ce métier,
Aux gages d'une agence louche,
De guetter, lorsque Paris dort,
L'heure où certain mari se couche,
Celle où l'amant arrive ou sort ?

De son corps toujours immobile,
En s'envolant, libres oiseaux,
Ses rêves de leur aile agile
Vont-ils, suspendus aux vitraux
Des grands hôtels pleins de mystère
Pour les yeux de la pauvreté,
Voir si mieux que dans la misère
Dort un enfant riche et gâté ?

Sait-elle qu'au fond de ces chambres,
Vrais nids bien clos, chauds et soyeux,
Parmi ces femmes, dont les membres
N'ont pour les froisser autour d'eux
Qu'un pli de dentelle qui frise,
Plus d'une hier, petite enfant,

N'eut pas ce châle en laine grise
Qui du froid au moins la défend ?

Non, la fillette sans envie
Ne voit ni si haut ni si loin,
Et tout son horizon de vie
Se limite à son petit coin.
Elle a huit à dix ans à peine,
L'air bon que donne un cœur content.
Son œil est pur ; sa fraîche haleine
S'exhale d'un corps bien portant.

Sa mère est une chiffonnière
Qui, traitant près des grands fourneaux
Avec le chef, la cuisinière,
Fait commerce d'os et de peaux
Et des rebuts de l'opulence,
Richesse de la pauvreté,
Dont au grenier l'on fait bombance
Quand à l'hôtel on a fêté.

La petite au dehors surveille
Les boîtes où fané, cassé,
Un rien, hier encor merveille
De goût et d'art, gît entassé :

Ce qu'on dédaigne ou ne veut vendre,
Pêle-mêle avec les chiffons,
Ecailles, résidus et cendre,
Débris de pots et carafons.

L'enfant déjà sait les affaires
Et compare à ces gros butins
Les riens qu'aux quartiers populaires
On ramasse tous les matins.
Avec la fierté de sa place,
Se cambrant dans son châle gris,
Elle promène sur l'espace
Ses yeux brillants et son souris.

Car la petite chiffonnière
Dans son monde est au premier rang,
Et s'y croit, en quelque manière,
Autant que princesse du sang.
Entre hôtels, maisons et masures
Comment rêver l'égalité,
Quand même la boîte aux ordures
A privilège et vanité ?

Ch.

AU DELA.

De joie et de tristesse assemblage fatal,
Ainsi que le torrent qui tantôt gronde et roule,
Tantôt dans le vallon, calme et riant, s'écoule,
Nos jours sont emportés vers le terme final.

Dans l'Océan sans fin entraîné par la houle,
Le torrent, survivant à son cours inégal,
Trouve l'immensité pour domaine idéal,
Et vers l'horizon suit la vague qui l'enroule.

Pour l'homme se peut-il que tout cesse avec lui ?
Que l'âme soit un mot dans un corps inutile ?
Tout doit-il se borner, destin vide et stérile,

Aux désirs d'autrefois, aux regrets d'aujourd'hui ?
Non, l'éternel espoir envahit la pensée,
Du néant, devant lui, chassant l'ombre glacée !

P.-E.

DEMAIN.

Tu vas trouver, blonde enfant,
　　Ce nid fait de roses
Que l'on désire en aimant.
　　Les heures moroses,
Eternelles dans leur cours,
　　Se sont envolées ;
Et les peines des longs jours
　　Ont fui, consolées.

Déjà je vous vois tous deux
　　Murmurant ensemble
Les refrains mélodieux
　　Du dieu qui rassemble
Les âmes pour les charmer,
　　Qui, dans un sourire,
Apprend qu'il est bon d'aimer
　　Et doux de le dire !

Ici, seul, je resterai.
　　Sur ta place vide
Bien souvent je porterai
　　Mon regard humide,
Mais mon cœur saura te voir,
　　Au loin, radieuse,
Et vivra de son espoir :
　　Te savoir heureuse !

P.-E.

SOUVENIRS D'ENFANCE.

Il est des souvenirs liés à mon village
Que préfère mon rêve, et je revois surtout
Le pays de ma mère, un bourg du voisinage
Dont le clocher roman, sur ses piliers debout
Au rebord du coteau, jadis sonnait l'alarme
Aux guerres des Anglais, quand aux yeux du guetteur
Brillait au loin l'éclair de quelque troupe en arme.
Oisemont de ces temps avait subi l'horreur.

Les anciens nous parlaient de leurs maisons brûlées,
Des ancêtres cachés dans un grand souterrain
Dont on montrait encor des voûtes écroulées,
Abri contre le feu, le pillage et l'airain,
Qu'avaient creusé jadis les Chevaliers de Malte,
Au temps de leur splendeur Commandeurs en ces lieux.
Edouard, roi d'Angleterre, avait fait une halte
Dans son vieil hôpital, et j'ouvrais de grands yeux,
En redressant le front, devant la porte basse
Où le monarque alors et tant de chevaliers
Sous son cintre assez haut pour que le pauvre y passe,
Avaient pour la franchir abaissé leurs cimiers.

Du village au vieux bourg, dans les belles journées,
On allait en famille abrégeant le chemin
Par le rire et les jeux ; des gerbes retournées,
Des trèfles frais coupés à la fleur de carmin,
Aspirant les senteurs éparses dans la brise.
Au retour, nous étions à mi-route escortés
Jusqu'en un petit bois qu'on nommait *la remise.*
Là se faisait l'adieu des parents visités,
Après un long repos ; alors qu'au loin des cloches
Les discrets tintements, à l'Angelus du soir,

Des ombres de la nuit annonçaient les approches ;
Et l'on se séparait pour bientôt se revoir.

Oh ! les joyeux ébats sur les bords de la Bresle,
Dans les prés verdissant Senarpont et Blangy,
Où dans l'eau de cristal tremble le roseau frêle,
Lorsque de son retrait une truite a surgi ;
Où, dans l'herbe cachés, en relevant la tête
Les grands bœufs étonnés nous regardaient courir.

Mais nous comptions parmi nos plus beaux jours de fête
— Ceux dont l'enfant d'un trait marque le souvenir —
Les jours où, défilant en longue caravane,
Nous allions dans les bois visiter au Courval,
Chacun comme il pouvait faisant marcher son âne,
Des hommes demi-nus dans un antre infernal.
Quelques-uns attisaient des brasiers tout en flammes,
Les autres en tiraient comme des blocs de feu,
Que d'autres recevaient, déjà coulant en lames,
Au bout de tubes creux et, comme dans un jeu,

Tournaient, en façonnant cette informe matière,
Dont leur souffle faisait quelque objet transparent
En forme de flacon, de bouteille ou de verre...
C'était pour un enfant sortilège apparent.

Mon plus vif souvenir et de joie et de crainte
C'est celui du jour où je vis bondir la mer
A l'assaut de la terre, où j'entendis sa plainte,
Sur la plage où Cayeux, contre le flot amer
Par son sable abrité, se cache dans la dune.
La vague avec fureur du large déferlant
Sur un bord de galets, en gradins de tribune
Etagés au rivage, en masse les roulant,
Se brisait dans un bruit, grondement de tonnerre,
Qui, le long de la côte au loin répercuté,
Des tempêtes de l'onde allait troubler la terre.
C'est là que de la force et de l'immensité
J'eus la première idée, en leur vivante image.

Ch.

CAUCHEMAR SCOLAIRE.

Un cauchemar tenace
Me guettant, en sournois,
A mon chevet se place
Ainsi qu'au coin d'un bois.
Immuable odyssée !
De nouveau j'ai quinze ans
Et je vais au lycée.
De l'âge des enfants
On dit : c'est le bel âge,
On voudrait le revoir ;
Pour moi de cette page
J'ai souvent rêvé noir.

Donc je voulais relire
La leçon que tantôt
Il me faudrait redire
Sans broncher, mot pour mot ;

Mais, phénomène étrange,
Dans mon crâne enfermé,
Tourbillonne un mélange
De mille noms formé.
Est-ce Homère, est-ce Ovide ?
Hélas ! je n'en sais rien.
Serait-ce Thucydide ?
Ou plutôt Lucien ?
Insondable mystère !
De Grévy soucieux
Cherchant un ministère
J'ai l'air penaud... Grands dieux !
D'une affreuse lacune
Soudain je m'aperçois,
Déplorable infortune
Qui me met aux abois :
Cahiers, plumes et livres
Au logis sont restés !
Du voyageur sans vivres
Les estomacs lestés
Ignorent la torture.
Par ce coup étourdi,
J'éponge ma figure,
Inerte, abasourdi.

Pour plus de malechance,
Et pour mieux m'ahurir,
A grands pas l'heure avance,
Il est temps de courir.
Mon cœur bat, mon front fume,
En efforts surhumains
En vain je me consume,
Agitant pieds et mains
Aux appels de la cloche.
Hélas ! il est trop tard
Et j'ai manqué le coche...
Mais non le cauchemar.

M'éveillant hors d'haleine
Et me frottant les yeux,
D'avoir la soixantaine
Je suis presque joyeux !

                              P.-E.

LES EAUX TROUBLÉES.

Dans son lit de verdure on dirait qu'il sommeille
Le beau fleuve indolent, qui s'écoule sans bruit.
D'un bateau qui survient l'hélice le réveille
En déchirant son flanc, et son calme est détruit.

En vagues soulevée, aux flots marins pareille,
Aux deux bords à la fois son onde roule et fuit
En deux flux opposés ; apparente merveille
Qui d'un jeu de vapeur est simplement le fruit.

Le bateau s'éloignant, on voit fondre sa trace :
La vague devient ride et la ride s'efface.
Le fleuve coule encore et sans bruit et sans flux.

Mais que la vie humaine en son cours soit troublée
Par l'aile du malheur, et comme refoulée,
Les rides de nos cœurs ne s'effaceront plus.

Ch.

DANS LA RUE.

I

SUR LE PAVÉ.

D'un soudard au pas lourd miroite
    Le casque haut ;
Branlant, de travers il emboîte
    Un teint rougeaud.
L'œil brillant flotte, et la moustache
    S'allonge en dard.
Lui, de-ci, de-là, l'air bravache,
    Stoppe et repart,
Du sabre traînant la ferraille
    Sur le pavé.
Le tout, bientôt, sur la muraille
    A dérivé.

Soudain, au détour de la place,
Un chef paraît,
Et, redressé, le corps s'efface,
Fixe, en arrêt.

II

SUR LE TROTTOIR.

Qu'elle soit femme ou jeune fille,
Tout est mignon,
Tout est coquet, de la cheville
Jusqu'au chignon.
Sur son passage, sa toilette,
Crêpe et satin,
Sème un parfum de violette
Cher au gandin.
En la frôlant, plus d'un sur elle
Jette un regard
Que saisit au vol sa prunelle ;
Est-ce hasard ?
Est-elle ange ou mondaine étoile,
Fleur du trottoir ?
Piquante énigme sous un voile :
Qui peut savoir !

III

AU COIN.

Chaque jour, au coin de ma rue,
 Un vieux se tient,
Guettant, debout et tête nue,
 Celui qui vient.
Son œil vitreux, éteint par l'âge,
 Ne me voit pas,
Mais l'oreille sur le dallage
 Connaît mon pas.
A m'accueillir il se dispose,
 Comme un ami ;
Son torse voûté dans sa pose
 S'est affermi.
Je le vois, avec un sourire,
 Tendre la main,
Et, sans parler, il semble dire :
 Reviens demain.

P.-E.

LES FEUILLES MORTES.

Les feuilles dans les bois, l'hiver, gisent couchées
Au pied des arbres nus, dans les chemins déserts ;
Mais un bond de chevreuil, soudain, les a touchées
Et le vent les enlève au dôme des couverts.

A les voir voltiger, en essaim, frémissantes,
On croirait des oiseaux. Froissez-les sous vos doigts,
Vous sentirez, au lieu, des fibres roidissantes,
Débris de chose morte, insensibles et froids.

Les chemins de la vie ont aussi leur litière

D'illusions que l'homme y perd en voyageant.

Sous les pieds des passants se lève leur poussière ;

Le vent des passions dans son vol les emporte,

On les croirait en vie. O toi qui vas songeant,

Ce que ton rêve suit... c'est une feuille morte !

Ch.

LE LAPIN.

Au fond d'une clairière
Un lapin,
Né malin,
Commençait sa carrière,
Déja dépistant avec art
Belette, fouine et renard.
Se gardant à la brune
De la lune,
Comme un autre il flânait,
Mais toujours l'œil au guet ;
Et, sans se compromettre,
Savait, soir ou matin,
Ce que peut se permettre
Un honnête lapin.
Certe, il aimait ces plantes délectables
Qui font la force et donnent les bons râbles,
Mais, prudemment, il rentrait au terrier
Le premier,

Redoutant quelque engin qui soudain frappe,

Panneau, collet ou trappe.

Dans son bois protecteur,

Par une rare chance,

On ignorait l'engeance

Du chien et du chasseur.

Le mérite n'est pas toujours modeste :

De la mine et du geste

Maître lapin posait

Et l'orgueil le grisait.

Pourtant il ne hantait pas l'homme !

C'était tout comme.

Or, un soir,

(On ne peut tout prévoir)

Comme il filait dans la clairière,

Il reçut par derrière

Le plomb meurtrier

D'un braconnier.

Le malheureux était à plaindre,

Mais bien à tort il se vantait,

Car le danger le plus à craindre

N'est pas celui que l'on connaît.

P.-E.

LE REFUGE.

Le cœur naît à la vie et, rayonnant d'espoir,
S'ouvre à l'astre brillant qui dore la carrière.
Pour lui tout sera joie et tout sera lumière,
Ce jour qui resplendit n'aura jamais de soir !

Mais vienne la tempête, et sur son âme altière
L'homme sent, déchaîné, le vent du désespoir ;
Il voudrait résister et ne sait pas vouloir.
Quel refuge aurait-il, s'il n'avait la prière !

Ses amis les plus chers, le destin les a pris ;
Des projets de sa vie il compte les débris.
A lutter condamné, dans la lutte il succombe.

Le bonheur ! comme un rêve à peine il le connaît,
Et dans la nuit, déjà, son berceau disparaît,
Et chaque heure qui vient semble grandir sa tombe !

P.-E.

IDYLLE.

Je sais un lieu charmant
Où l'heure fuit trop vite ;
A regret je le quitte
Et le revois, dormant.

Bruits malsains de la ville,
Là vous n'arrivez plus ;
Loin des soins superflus
Là je songe, tranquille.

Sur le sentier coquet
Qui, devant moi, chemine,
A la blanche aubépine
Je dérobe un bouquet.

Du bois, sur la colline,
Partent des chants d'oiseau ;
Tout près naît un ruisseau
De la roche voisine ;

Il clapote en fuyant,
Et le soleil argente
Le ruban qui serpente
Sur le pré verdoyant.

Plus loin, sous la feuillée
Faite pour les amours,
Je me redis les jours
De ma vie effeuillée,

Et, parfois, du printemps
Je refais plus d'un rêve,
Oubliant que j'achève
De mon destin le temps.

Le mirage se dore
Au ciel qui resplendit,
Et longtemps tout me dit :
Il faut rester encore...

Mais déjà c'est fini !
Adieu donc au silence,
A cet azur immense,
Voile de l'infini !

P.-E.

NOEL.

Bethléem en Judée a vu naître autrefois,
Parmi les animaux, dans le fond d'une étable
Qui n'avait pour berceau que sa crèche de bois,
Un enfant d'artisans, inconnu, misérable.

Et pourtant sur la paille, ainsi qu'aux fils des rois
Dans la pourpre couchés, à l'enfant pitoyable
Trois Mages ont porté, souverains tous les trois,
D'or, de myrrhe et d'encens le tribut incroyable !

D'où vient qu'à pareil jour, après dix-huit cents ans,
A ce premier hommage au fils des artisans
La terre, en l'adorant, par ses « Noël ! » réponde ?

C'est qu'elle adore en lui le Dieu crucifié,
Qui, lavant dans son sang notre crime expié,
Se fit homme et mourut pour le salut du monde.

Ch.

LES RAMEAUX.

Avant que sur la croix expirât méconnue
L'humanité d'un Dieu par ses bourreaux honni,
Jésus eut son triomphe. Et par-dessus la nue
La foule jusqu'au ciel porta son nom béni.

Jérusalem, un jour, pour fêter la venue
De ce fils de David, l'élu de l'Infini,
De voiles, de manteaux vêtant la terre nue,
Lui fit du sol rocheux un chemin aplani.

Des palmes, des rameaux arrachés à la route
Sur le triomphateur s'arrondissaient en voûte,
Ou se mêlaient en bas à la pourpre de Tyr.

De ces rameaux semés sous ses pas en litière
Les anges, après lui, secouant la poussière,
En faisaient pour le ciel des palmes de martyr.

Ch.

LE NUAGE ET LE SOLEIL.

Un nuage en ces termes
S'adressait au soleil :
Ta chaleur, il est vrai, fait éclore les germes
Et sait de la nature activer le réveil ;
Pour cet utile office
Je te rendrai justice,
Mais, si je n'étais là, par ton foyer brûlant
Sur le sol desséché tout tomberait mourant.
Je produis l'ombre
Et, sans encombre,
Sur sa tige l'épi se redresse et renaît.
Sans briller comme toi, je sais rendre service.
Faut-il un plus grand sacrifice ?

Pour sauver ces moissons que ton feu condamnait
Je sais donner ma vie, et le sol que j'arrose
Voit reverdir le chêne et refleurir la rose.

Certes, tout le bien que tu fais
N'enlève rien à mes bienfaits.
— Mon ami, répondit le soleil, ton langage
N'est pas celui d'un sage.
Tout dans l'univers suit sa loi :
Tu n'existerais pas sans moi ;
Quelque fier que tu sois, tu n'aurais pas su naître ;
Apprends donc à mieux me connaître,
Tu cesseras de t'exalter.
Cette eau que tu répands, je la rends à l'espace
Où, souvent, l'œil en vain pourrait chercher ta trace ;
Regarde et tu verras flotter
La légère vapeur qui dans l'air se condense
Et te rend l'existence.

Ainsi l'homme, souvent,
De toute chose
Se croit la cause
Et n'est qu'un instrument.

P.-E.

LE COUP DE FOUDRE.

(31 Août 1889.)

C'est la saison des bains, Préfaille est en liesse.
Du matin jusqu'au soir, débordants de jeunesse,
Fillettes et garçons courent sur le rocher
Pour chasser le homard, trop heureux d'accrocher
En son réduit de pierre un misérable crabe,
Ou courent pour courir. Au teint brûlé d'arabe
Sous leur frais béret blanc, on voit les jeunes gens
Monter et redescendre en leurs ébats bruyants ;
Tandis que sur la grève, au loin, des jeunes filles,
Ailes de papillons, voltigent les mantilles.
Par les chemins pierreux, les joyeux défilés
De pêcheurs-citadins brandissant leurs filets
Vont, aux bords sablonneux où la mer boit la Loire,
Relancer la crevette et surtout rire et boire.

De Saint-Gildas aux bois de l'ombreux Saint-Brévin,
De Préfaille à Pornic, il faudrait de Grévin
Emprunter le crayon pour esquisser les ânes
Trottant par les chemins en longues caravanes.
Plus d'un vieux emporté dans ce gai tourbillon
Sous ses cheveux blanchis redevient papillon.

Tant auprès de la mer déborde la jeunesse ;
C'est la saison des bains, Préfaille est en liesse.

Un matin morne et gris, sous un ciel bas et lourd,
Préfaille, s'éveillant, écoute le bruit sourd
De l'Océan houleux, consulte la nuée
Qui sur lui s'assombrit menaçant sa journée.
Il pleut. Pêche, *crocket,* promenade en bateau,
Courses par les rochers, adieu, tout est à l'eau !
Un éclair a soudain déchiré le nuage ;
Un seul coup retentit, et par toute la plage
Chacun se croit frappé, tant le bruit est prochain :
La foudre a sûrement atteint quelque voisin ;
Près de soi, puis plus loin, on cherche les victimes ;
On tremble pour les siens, on craint pour des intimes,

Promeneurs imprudents, ou qu'un départ forcé
Expose sur la route. Au talus adossé
D'un champ de Quirouard la foudre a pris un groupe :
Une femme, une enfant au milieu d'une troupe
De moutons, en paissant, comme elles foudroyés.
La femme est veuve et mère, et ses reins tout ployés
Disent les durs labeurs de sa pénible vie.
La fillette a cinq ans et la mort l'a ravie
A ses innocents jeux. C'est tout. Après cela
Sur le sombre nuage un vent de paix souffla.
La foule des baigneurs durant la matinée
Va visiter la place, aussitôt piétinée,
Où la foudre en passant a fait œuvre de mort.
Plus d'un mouton couché, l'œil tout grand ouvert, mord
L'herbe à peine arrachée, et l'on voit dispersés
Des débris de sabots, et, de trous tout percés,
Des lambeaux de jupons sans couleur et sans forme.
Il semble que l'enfant, surprise en ses jeux, dorme ;
La mère a l'œil hagard, et son bras fracassé
Au sein montre l'endroit où la foudre a passé.
Sous le chaume natal les cadavres reposent ;
On pleure à côté d'eux, et les parents disposent
Les funèbres apprêts ; tandis que rassurés
Les baigneurs au plaisir, quelques mots murmurés

Sur un si grand malheur, s'envolent de plus belle.
De Préfaille, deux jours, cela fut la nouvelle ;
Mais bientôt se perdit même le souvenir
De ce coup dont chacun avait pensé mourir.

Car auprès de la mer déborde la jeunesse ;
C'est la saison des bains, Préfaille est en liesse.

Ch.

A LA TOUR EIFFEL.

Quand ta silhouette, au soir,
    Se dresse embrumée,
L'œil en haut du spectre noir
    Cherche la fumée ;
Dans ta cage, de soleil
    Le jour imprégnée,
On croit voir, à son réveil,
    Tisser l'araignée.

Sous la voûte qui soutient
            Ta masse géante
Le badaud, muet, se tient
            La bouche béante,
Et l'amoureux, pour monter,
            Se glisse à la brune ;
De plus près il va conter
            Sa peine à la lune.

De ce temps matériel
            Prosaïque idole,
Ton squelette de mon ciel
            Gâte la coupole ;
Mais sur ton réseau la nuit
            Jette enfin ses voiles,
Sans toi je puis, à minuit,
            Jouir des étoiles !

                        P.-E.

A SARAH BERNHARDT.

Epitaphe... avant la lettre.

Ne croyez pas qu'ici, sous un masque tragique
Et dans un dernier rôle, à jamais elle dort,
Celle qui fut Sarah ! Non, son charme magique
Et le rythme berceur de sa souple « voix d'or »
Ailleurs s'en sont allés. Pour le pays des ombres
Elle a signé, sans lire, un traité sans dédit ;
L'imprudente suivra pour toujours aux lieux sombres
Un *impressario* qui ne fait pas crédit :
        La Mort.

                Ch.

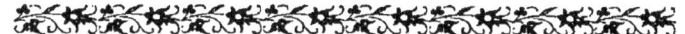

VICTOR HUGO A VEULES.

Dans un creux de falaise, en un frais oasis,
Vrai nid de fleurs caché sous de verts tamaris,
Victor Hugo songeait. Ses amis en silence
Observaient son repos, et sur la mer immense,
Que fixait le poète, ils reportaient les yeux ;
Comme pour mesurer, sous le ciel radieux
Qui les illuminait, l'insondable puissance
De ces deux Océans, dont l'humaine souffrance
Fait tour à tour gronder ou fait chanter la voix !
Qu'est-ce donc, pensaient-ils, poète, que tu vois,
En écoutant le bruit de la vague plaintive
Qui déroule à tes pieds les galets de la rive ?...
Les travailleurs de mer nuit et jour disputant
Leur pain avec leur vie à l'avide élément ?
Ou bien ton Jean Valjean cent fois plus misérable,
Coupable et vertueux, flétri mais admirable,
A l'inflexible sort disputant son honneur
Et d'une pure enfant l'angélique bonheur ?

Dans la brume des flots, vas-tu chercher cette île
Où, proscrit, dix-huit ans tu trouvas un asile
Contre la tyrannie et bravas d'un César
La haine et le pardon ; méditant le hasard
Qui des Napoléon trois fois creusa la tombe
Au milieu des Anglais ? — L'un les combat et tombe
Captif sur un écueil. Un autre à les servir
S'empresse et d'eux n'obtient qu'un abri pour mourir.
Le troisième pour eux sur un lointain rivage
Périt obscurément par la main d'un sauvage
Ignorant des destins : sanglant couronnement
D'un sanglant édifice... et dernier châtiment !
    Evoques-tu les jours de la terrible année
Où la France, à périr un instant condamnée,
Du feu, du froid, du fer et de l'horrible faim
Subit les longs assauts, et, de sa propre main
Se déchirant le flanc, fruit d'un règne servile,
Sous le glaive étranger fit la guerre civile ?
    Peut-être que ton rêve aux lointains enivrés
De tes vingt ans s'envole, et que les flots dorés
Par le soleil couchant, dans un brillant mirage,
Des scènes d'Orient te déroulent l'image ?
Qu'alors devant tes yeux, cortège éblouissant,
Passent les fiers pachas escortés du Croissant,

Emirs, califes, beys, et sultans et sultanes,
Felouques et chebecs, galères capitanes,
Et que tu crois ouïr, comme un écho d'airain,
Les canons qui tonnaient au jour de Navarin ?

Vous aussi dans les eaux parlez-vous à son âme,
Voix de Quasimodo, cloches de Notre-Dame ?
Et le cor d'Hernani dans cet étrange accord
Vient-il jeter un son, lugubre arrêt de mort ?...

Ainsi par l'Océan tour à tour réfléchie
Dans son œuvre géant rayonnerait sa vie ;
Et chaque flot montant de l'abîme profond
Viendrait dans un bruit sourd, où l'oreille confond
Les cris de la douleur et ceux de la victoire,
Dans un chant triomphal lui raconter sa gloire.

A tout cela peut-être il songeait... Quand soudain
De filles, de garçons un vif et fol essaim
Envahit sa retraite et l'emplit de jeunesse,
De rires et de voix ; et sa verte vieillesse,
A leurs jeux se mêlant, oublia tout, hormis
Qu'il sut aussi chanter les enfants, ses amis.

Du haut de ses six ans se redressant mutine,
Une blonde fillette, ayant nom Valentine,
Lui porta son défi d'un ton de tyranneau :
Un jeu se trouvait là, jeu d'adresse... un *tonneau ;*
Où des disques lancés en d'étroits orifices
Aux joueurs marqueraient, sans aucun artifice,
Les points gagnés, donnant au plus haut numéro
La victoire. Honte à qui ne ferait que zéro !
Valentine en premier jeta les pièces rondes ;
Aucune ne tomba dans les cases profondes.
Victor Hugo les prit, et chacun curieux
Attendit son succès. Mais, aussi malheureux,
Il fut non moins raillé par la bande enfantine :
Zéro, lui cria-t-on, autant que Valentine !
C'était un Waterloo ! Mais ce fut bien gaîment
Que le flagellateur qui fit *le Châtiment*
En reçut la leçon, et, goûtant l'ironie,
Confessa l'innocence égale du génie :
Lorsque l'enfant du sort se plaignait en boudant,
Le grand homme riait de se sentir enfant.

Ch.

ÉNIGME.

Au trio qui perdit le monde,
La femme, l'homme et le serpent,
Il n'a fallu qu'une seconde ;
D'un rien parfois le sort dépend.

Des trois quel fut le plus coupable ?
On doit excuser le dernier :
Que voulait-on que fît le diable ?
Séduire, c'était son métier.

6

Je sais qu'on accable la femme ;
Pour elle il faut être indulgent,
Elle prouva sa bonté d'âme,
Ayant la pomme, en partageant.

A l'homme faut-il faire un crime,
Après tout, d'avoir succombé ?
Exposé si près de l'abîme,
Qui de nous n'y serait tombé !

Le plus coupable est-ce donc l'homme ?
Est-ce la femme ou le serpent ?
A moins que ce ne soit la pomme...
Du choix de chacun tout dépend.

P.-E.

ANTIPODES.

Lui.

Je voudrais voir le monde, où ta grâce étincelle,
    Sans cesse te fêter ;
Mille fois je voudrais, te sachant la plus belle,
    L'entendre répéter.

Elle.

Moi je voudrais, tous deux errant à l'aventure
    A travers les grands bois,
Entendre les oiseaux répondant au murmure
    Du doux son de ta voix.

Lui.

Je voudrais voir briller, enchâssant ta jeunesse,
    L'éclat de tes atours ;
Je voudrais posséder et puissance et richesse
    Pour tisser d'or tes jours.

Elle.

Moi je voudrais, bien loin, et de tous ignorée,
    Abriter mon bonheur ;
Je voudrais être, enfin, de toi seul adorée,
    Mon rêve c'est ton cœur !

P.-E.

TOAST AUX MARIÉS

15 Février 1896.

La fin de notre siècle en *évolution*
Fait surgir du Lycée, à l'envi brevetées,
Des filles exigeant une *Position.* .
Et bientôt le *Pouvoir.* D'autres, mi-culottées
Et vierges... à demi, par tous les grands chemins,
Pour des sports plus virils délaissant le diplôme,
Au milieu des garçons, comme de vrais gamins,
Courent à bicyclette après leurs *droits de l'homme.*
    Aimons et saluons la vierge au front charmant
Qui, sans tant s'agiter, d'un rien rougit encore ;
Dont le cœur sait aimer, mais sans trouble alarmant ;
Que l'ingénuité d'un pur attrait décore.

C'est de la mariée esquisser le portrait ;
La voici blanche et rose. Et, pour la ressemblance
De l'âme avec le corps, qui ne reconnaîtrait
L'ange dans ses yeux bleus aux reflets d'innocence,
Ces doux myosotis, fleurs du long souvenir ?
De son père elle fut la compagne fidèle,
Il eut tout son passé. A l'époux l'avenir !
A tous deux le présent de l'épouse nouvelle.

Salut au marié ! Cœur simplement vaillant
Dans les combats obscurs ; qui, le sourire aux lèvres,
Et la nuit et le jour sur nos soldats veillant,
Les dispute au poison des invisibles fièvres,
Plus meurtrier cent fois que le fer ennemi.
Que Madagascar soit sa dernière campagne !
La paix nous a rendu ce parent, cet ami,
Et lui donne en ce jour une belle compagne,
Qui, les yeux sur les mers, l'attendait dans le port.
En vain pour l'attirer chantèrent les Sirènes
Des océans lointains ; il a franchi du sort
Les pièges séducteurs pleins d'écueils et de chaînes.
La libre Américaine et l'Anglaise sa sœur,

L'Espagnole au teint mat, la Créole indolente
Ont réjoui ses yeux sans captiver son cœur.
Ni les philtres subtils de l'Inde où tout enchante,
Ni les parfums d'amour qu'exhale l'Orient
N'ont pu le retenir ; car au pays de France,
Où l'esprit est joyeux, où l'on aime en riant,
Il voyait deux yeux bleus qui parlaient d'espérance !...
Ces doux myosotis, fleurs du long souvenir,
Comme des talismans l'ont guidé par le monde,
Et vers le vrai bonheur ils l'ont fait revenir.

    Buvons aux mariés ! Redisons à la ronde :

VIVENT LES MARIÉS !

Ch.

LA NUIT.

Lorsque le jour, prenant fin,
Semble se fondre dans l'ombre,
Que chaque arbre du chemin
N'est plus qu'un fantôme sombre,
Et que sur les champs déserts
Le soir a fait le silence,
C'est l'aube de l'univers,
Là haut, sur la voûte immense.

Des feux tremblants du hameau
Bientôt la lueur naissante
Pointille l'épais rideau.
La nuit monte, envahissante,

Noyant dans l'obscurité
Le bois, les prés, la colline,
Et du vide illimité
Le gouffre noir s'illumine.

Les astres, globes géants,
Semés comme la poussière
Dans les espaces béants
Inondés de leur lumière,
Paraissent, dans ce lointain,
D'innombrables étincelles,
Que l'aurore, le matin,
Voile, en passant, de ses ailes.

Qui nous dira le pourquoi
De ces merveilles sublimes ?
Infini, quelle est la loi
Qui préside à tes abîmes ?
En bornant notre horizon,
Celui qui pouvait l'apprendre
Contraignit notre raison
A se courber, sans comprendre.

Car en vain l'homme, anxieux,
Fouillant les sphères profondes,
Poursuit l'inconnu des cieux
Jusque par delà les mondes ;
Il s'égare dans la nuit,
Et l'inconnu reste rêve :
Problème où sombre l'esprit,
Mystère où l'âme s'élève !

P.-E.

LA MER.

I

LE CALME.

Sous un ciel azuré, comme un beau lac sans fin
La mer brille au soleil. Sur un blond sable fin,
Ou sur le rocher brun, sa vague caressante
Roule amoureusement de sa frange écumante
Les sinueux replis ; comme au flanc de Léda
S'enroulait autrefois le cygne à qui céda

L'imprudente mortelle, innocemment livrée
Au caprice du dieu l'enlaçant enivrée.

Comme Léda, la terre à ces enlacements
Sans soupçon s'abandonne ; et les embrassements
Du dieu qui sous la mer se cache, et qu'elle ignore,
La pénètrent d'un feu qui lentement dévore.

Ce dieu mystérieux, c'est le dieu des hasards,
Qui souffle son esprit aux corsaires pillards ;
A tous les trafiquants, vrais défricheurs des ondes ;
Aux marins de génie, à qui l'on doit des mondes.

C'est sa voix qu'on entend dans le flot qui toujours
Murmure, en se brisant, son éternel discours :

« Viens, dit-il au passant qui, songeur sur la grève,

« L'écoute, et croit entendre en lui parler son rêve,

« Viens ! vois, le ciel est pur, et le souffle léger

« Qui fait frissonner l'eau promet au passager

« Vers les pays lointains un sûr et prompt voyage.

« De beaux jours assurés le temps est un présage.

« Fuis d'un monde vieilli les énervants combats,

« Les triomphes mesquins et tous les faux éclats.

« Laisse aux cœurs enfiévrés, épris de vaines gloires,

« Les espoirs décevants et les cuisants déboires.

« Dans l'insondable azur des océans lointains

« Sont des mondes nouveaux qui t'ouvrent leurs destins :

« On y peut vivre libre, en la fête éternelle

« Que, sous l'œil de Dieu seul, la nature pour elle

« Y donne jour et nuit, sans se lasser jamais.

« Dans ses rochers elle a de merveilleux palais ;

« Ses champs sont des jardins ; et dans ses forêts vierges,

« Temples mystérieux éclairés par les cierges

« Des rayons d'or perçant leur dôme ensoleillé,

« Chantent des chœurs d'oiseaux, au plumage émaillé

« D'éblouissants joyaux ; agiles virtuoses

« Qui, du cèdre sévère au gai buisson de roses,

« En brillants tourbillons transportent leurs concerts ;

« Tandis que vers le ciel s'épandent dans les airs

« Les enivrants parfums distillés par les plantes

« De ces lieux enchantés, où les fleurs sont géantes...

« Voudrais-tu des trésors ? Il en est sous les eaux,

« Il en est dans le sol : à toi roses coraux,

« Perles et diamants, et, comme la poussière,

« De l'or aux champs faisant aux animaux litière...

« Cherches-tu la puissance ? A des peuples naïfs

« Qu'un art supérieur te soumettra craintifs,

« Qui, croyant à des dieux, ont foi dans leurs prophètes,

« Qui ne s'adorent pas eux-mêmes dans leurs fêtes ;

« A ces peuples nouveaux tu peux dicter ta loi.

« Viens donc ! et tu seras libre, riche, ou bien roi !... »

Les enfants du vieux monde, éblouis par ce rêve,
Qui fait à leurs soucis un court instant de trêve,
Délaissant les foyers tout pleins de leurs aïeux,
S'en vont ; et par les mers cherchent partout les lieux
Dont le flot séducteur leur porta le mirage,
Où l'homme est libre, riche et puissant... sinon sage !

II

LA TEMPÊTE.

Du fond de l'horizon s'élèvent des vapeurs,
Amas d'abord léger, informe et sans couleurs ;
Puis de gros flocons gris, à la crête argentée,
Semblent murer la mer, naguère illimitée,
Par un cercle de monts dont les sommets neigeux
Grandissent en marchant, nuages orageux.
S'amoncelant toujours dans leur marche ascendante,
Ils ont bientôt éteint la lumière brûlante
Du soleil qui tantôt seul emplissait les airs.
Dans le ciel obscurci, tout à coup, les éclairs
En longs sillons de feu déchirent le nuage,
La foudre éclate et gronde : en mer c'est un orage !

Le vent souffle à la côte, et les flots soulevés,
Par les brisants rocheux dans leur course entravés,
Jaillissent dans les airs en gerbes écumeuses ;
Ou, roulant au rivage en vagues furieuses,
Vont battre la falaise, arracher bloc à bloc
Un morceau de la terre et mordre dans le roc ;
Ailleurs fouiller le sable et creuser dans les dunes
Des ravins où les eaux jettent des algues brunes,
Des goémons luisants, — comme un gant de défi
De l'océan à l'homme, à qui n'a pas suffi
De posséder la terre, et qui veut avoir l'onde,
Qui, pour le convoiter, se croit maître du monde. —
Oui c'est bien un assaut que donne à l'œuvre humain
L'élément révolté contre son souverain :
C'est contre les remparts à son libre caprice
Hardiment opposés, et les signaux qu'on hisse
Sur les écueils cachés à la passe des ports
Que sa fureur surtout fait les plus grands efforts ;
Il sape au pied les murs et renverse les digues,
Superbes travaux d'art que, dans les temps prodigues,
On bâtit sur le sable ; et, d'énormes galets
Chargeant ses trombes d'eau, comme à coup de boulets,
Il abat tout ce qui l'envahit ou l'arrête,
De ce qui fut à lui refaisant la conquête.

Entre le sombre ciel et le sombre océan
Grondent en se mêlant les voix de l'ouragan :
Plaintes, gémissements, menaces, cris de rage
Par les vents et les flots apportés au rivage.
On y croit distinguer l'appel de naufragés
Luttant contre la mort, qui, bientôt submergés,
Du dieu des mers iront retrouver les victimes :
Aventuriers, forbans, gens de proie et de crimes,
Trafiquants d'outre-mer, colons et chercheurs d'or ;
Ceux qui courent le monde en quête d'un trésor,
Et ceux qui, l'explorant, ne cherchent que la gloire ;
Matelots et pêcheurs, dont plus simple est l'histoire :
La vie au jour le jour, à tout instant la mort.
Vivre et mourir en mer, n'est-ce pas tout leur sort ?...

Courbés sous l'ouragan, tout le long de la côte,
Des êtres bien petits près de la mer si haute
Fixent sur l'horizon des yeux pleins de terreur.
Tous sont, ou mère, ou femme, ou fille de pêcheur ;
Les unes sans maris, les autres bientôt veuves,
Les autres grandissant pour les mêmes épreuves...
Et, tout au fond des ports assaillis par les flots,
D'autres femmes en pleurs songent aux matelots
Battus par la tempête en des mers plus lointaines,

Dont elles attendront, maintenant incertaines,
Le retour bien des mois, et peut-être toujours :
Attente interminable à bien courtes amours.

L'armateur inquiet calcule les richesses
Qu'engloutira la mer, dont hier les caresses
Balançaient ses vaisseaux. Et tous les émigrants,
Que poussaient aux hasards des soucis dévorants,
Qui suivaient dans les eaux le captivant mirage
De tous les biens rêvés, s'arrêtent au rivage,
Incertains d'un départ qui, pour changer leur sort,
Abrègerait l'épreuve en avançant la mort.

III

CLAIR DE LUNE.

Sur les flots apaisés la nuit étend ses voiles,
Gaze légère et bleue où brillent les étoiles,
Comme un manteau de fée orné de diamants.
C'est une douce nuit de poète et d'amants,
Toute pleine de paix, de clarté, de mystère,
Où se fondent ensemble et la mer et la terre.

7

On entend sur leurs bords, aux soupirs mélangés,
Des baisers et des mots, doux propos échangés
Où des deux éléments s'exhale l'harmonie,
Redite toujours neuve en sa monotonie.
Dans le calme de l'air flottent entremêlés
Les viriles senteurs montant des flots salés,
Et les parfums plus doux des terrestres verdures,
Fleurs de tous les climats, bois de toutes natures.
Et le ciel qui, là haut, sur eux veille toujours,
Témoin de leurs discords, sourit à leurs amours...

Mais l'homme, en cette paix qui calme et qui rassure,
Des coups qu'il a reçus conserve la blessure.
Tant de sérénité n'efface pas ses deuils !
Il pense à sa ruine, il compte ses cercueils ;
Lui seul reste abattu par tous ces vents d'orages,
Qu'ils balayent la terre, ou soulèvent les rages
De cette mer de lait dont le calme est trompeur :
C'est celui de la tombe, et ce calme fait peur...

Soudain à l'horizon, lente et majestueuse,
La lune paraît, monte et, sphère lumineuse,
Déroule sur la mer un long rayon d'argent,
Par ses bouts reliant la terre au firmament,

Eblouissant chemin du céleste empyrée
Ouvrant ses horizons à notre âme inspirée.
Entrevoyant le ciel, l'homme accepte son sort,
L'espérance renaît et la douleur s'endort...

Ch.

LA RETRAITE.

A mon ami G., de la Caisse d'Epargne de Paris.

Tu vas quitter, avant les frimas et la neige,
Ce temple de l'Epargne où, depuis ton printemps,
Tu regardes passer, monotone cortège,
La foule aux flots sans fin et les heures du temps ;

Mort lente pour le corps et, pour l'esprit, le vide !
Dans l'ombre de tes nuits tu rêvais de soleil,
Vaste horizon, senteur des bois, jardins d'Armide ;
Mirage séduisant qu'effaçait le réveil !

Ce mirage bientôt ne sera plus un rêve,
Mais le doux lendemain du long jour qui s'achève ;
Le charme du repos après le dur labeur.

Tu sauras de Bias imiter la sagesse,
Pour trouver près des tiens, dédaignant la richesse
Et bornant tes désirs, le secret du bonheur !

P.-E.

MON CHALET.

Lassitude.

Dans la Seine, à Poissy, son toit coquet se mire
Au lever du soleil, et les feux du couchant
Empourprent ses vitraux. Le soir y fait luire
Les étoiles dans l'onde au brin d'herbe touchant.

Devant lui se replie, en suivant son caprice,
Le fleuve aux cent détours que maint îlot verdit.
La vallée, en avant, comme une vaste lice
Entre ses frais coteaux en cirque s'arrondit.

Souvent, le cœur lassé des jeux comme des luttes,
Je regarde en l'arène à l'envi s'agiter
Pour de rudes labeurs, qu'ils soient hommes ou brutes,
Ceux qui peinent toujours, sans pourtant s'irriter :
Laboureurs matineux courbés sur la charrue,
Tout le jour à pas lents creusant de longs sillons ;
Charretiers refaisant la route parcourue
Mille fois, de l'*Hautil* aux champs des *Grésillons ;*

Vignerons relevant le sol pierreux qui glisse
Au flanc des grands coteaux ; carrriers enterrés
Dans des trous sans soleil, creusant pour qu'on bâtisse
A d'autres des châteaux sous les cieux azurés ;
Mariniers sur le fleuve, où souffle la tempête,
Cloués au gouvernail d'un bateau sans abris ;
Pêcheur qui, lourdement, tout un long jour s'entête
A tirer son filet, où souvent rien n'est pris.

Mais parfois de Saint-Cyr un vent d'éveil m'apporte
Des échos de canon. Je me souviens... Ce bruit

Dans un passé d'hier résonnait d'autre sorte...
Le canon c'est l'outil de l'homme qui détruit
Et qui travaille aussi : son œuvre est la ruine.
Invasion, révolte... Il y a vingt-cinq ans !
Villes qu'on incendie et gens qu'on extermine,
Monuments écroulés et cadavres gisants...

Sous ces coups abattue, encore toute meurtrie,
Quand pour te relever il te faut tout l'effort
De fils vaillants et fiers, pardonne, ô ma patrie !
Si souvent, le cœur las et pliant sous le sort,
J'oublie... en mon châlet, qui paisible se mire
Dans la Seine à Poissy, dont les feux du couchant
Empourprent les vitraux, où le soir fait luire
Les étoiles dans l'onde aux brins d'herbe touchant.

Ch.

REGRETS.

Ils ont passé ces jours heureux
Où la vie était un sourire,
Où l'espace était radieux,
Où le cœur était une lyre.

Au souffle éthéré du zéphir,
L'esquif, sans souci de l'orage,
Voguait, guidé par le désir,
Semant les fleurs sur son sillage.

Hélas ! du bonheur qu'on poursuit
On croit saisir l'ombre éphémère,
Mais devant nous l'ombre s'enfuit,
Ne nous laissant que la chimère.

Dans la tourmente des autans
Ont disparu les fleurs fanées,
Et sur le cœur meurtri le temps
A jeté le poids des années.

P -E.

LA MI-CARÊME.

(Paris 1895.)

Pendant les jours austères du Carême
Renaît, sous ses grelots, le Carnaval,
Effort géant, délirant bacchanal,
De la folie explosion suprême.

Comme un serpent déroulant ses anneaux,
S'avance au loin la longue Cavalcade :
Hérauts et sergents des temps féodaux,
Guerriers bardés, musiques de parade ;

Seigneurs, paladins, pitres, histrions,
Chameau factice et spectres de lions ;
Groupes nombreux, bouffons, allégoriques,
Militaires, grotesques, historiques,
Tableaux sans fin, panorama vivant,
Défilent dans la foule au flot mouvant.
Puis vient des chars la pompeuse enfilade,
Gigantesques tréteaux, où les acteurs,
Parés, travestis, du haut de l'estrade
Miment un rôle ou trônent dans les fleurs.
D'un mannequin couché sur une table
Des carabins dissèquent ventre et râble.
Sur le char du Droit, on voit la beauté
Vaincre Thémis, piquante nouveauté !
Là, sans rougir, amours, nymphes, déesses
De tous les yeux affrontent les caresses.
Fiers torréros, chatoyants picadors
Serrent de près un essaim de fleuristes.
Dominant tout, la fanfare des cors
Jette dans l'air ses notes fantaisistes.
La Reine, enfin, sur son char triomphal,
Sert aux gourmets le suprême régal.
Sur le parcours on s'écrase, on se rue,
Acclamant et la pièce et les pantins ;

Un lit de confetti couvre la rue
Et des balcons spirent les serpentins...
Tout est passé. Le torrent de la foule
En longs remous tourbillonne et s'écoule.

Cerveaux grisés, échappés de printemps,
Reines d'un jour et fous de tous les temps,
Après avoir gorgé la populace
Ivre de jouir et lasse de voir,
Sans bruit, demain, regagneront leur place
Sous le toit de l'Ecole ou du Lavoir.

P.-E.

LA BAIGNEUSE DE CAYEUX.

On était si joyeux quand on quitta Paris
Pour Cayeux *le sauvage!* et c'est fini des ris
Pour les trois orphelins pleurant sur une morte...
La mer était si belle et la lame si forte ;
Quel plaisir de bondir dans le flot écumant
Dont se brise à vos pieds le long soulèvement !

Enfants qui sur la plage attendez votre mère,
Vous l'attendez en vain, la vague est son suaire.

Comme ils restaient craintifs et tremblants sur le bord,
Livrant leurs membres nus à l'âpre vent du nord,
Pour les encourager, elle, à la fois rieuse
Avec des mots calins, et doucement grondeuse,
S'éloignait de la rive en leur tendant les bras.
Soudain le flot la prit et ne la rendit pas.

Enfants qui sur la plage attendez votre mère,
Vous l'attendez en vain, la vague est son suaire.

La rendra-t-il un jour ? Quelque monstre marin
De ce corps tant aimé fera-t-il un festin ?
Ou l'oiseau carnassier aux petits de son aire
Portera-t-il, joyeux, ce qui fut votre mère ?
Mais qu'importe le corps si l'âme vit aux cieux ;
Pour la revoir un jour, plus haut levez les yeux.

Enfants qui la pleurez, la mort est un mystère :
Priez pour que le ciel la prenne à son suaire !

Ch.

SPLEEN.

Avec les murs, pour horizon,
J'ai la fenêtre ;
Je sens comme un air de prison
Glacer mon être.

Vieux souvenirs, livres, portraits,
Amis que j'aime,
Que sont devenus vos attraits,
Charme suprême !

Etreignant l'esprit et le corps,
L'ennui m'enlace,
Et mon regard vague au dehors
Cherche l'espace.

J'y vois la feuille tournoyer
Au vent d'automne,
La pluie aux vitres larmoyer,
Chant monotone.

En contemplant, morose et seul,
Cette eau qui tombe,
Sur mon âme flotte un linceul :
Echo de tombe !

Dans le ciel morne tout est noir,
Et ma pensée,
Devançant l'heure, aspire au soir,
Triste et lassée.

P.-E.

LE RÊVE DU CANICHE.

D'un maître bilieux, compagnon de l'ennui,
Un sort fâcheux m'a fait le morose caniche.
Par l'amitié guidé, si j'approche de lui,
Son cœur ne sait trouver que ces seuls mots : à niche !
Un regard moins méchant m'enhardissant parfois,
J'ose sur ses genoux hasarder une patte ;
Lui, me chasse du pied, peu s'en faut qu'il me batte.
Je crains ses mouvements, j'appréhende sa voix.
Souvent je me suis dit : si j'étais à sa place,
Il serait mon ami, ce chien qui m'aime ainsi ;
S'il était doux pour moi, je serais doux aussi.
Mais je suis revenu de ce souhait bonasse ;

A quels dangers, grands Dieux! m'aurait-il exposé!
Une nuit, dans un rêve, il s'est réalisé :
Mon maître était caniche, et moi j'étais son maître.
Je sentais mon cœur battre en le voyant paraître,
Et vers lui, doucement, j'avançais tout joyeux,
Le flattant de la voix, le caressant des yeux,
Dans ma naïveté l'appelant : pauvre bête !
Mais lui, soudain, grondant et relevant la tête,
Se jeta sur ma main qu'il mordit méchamment,
Et mon rêve finit, sur ce coup, brusquement.
Vouloir changer son sort est dangereux, en somme ;
De crainte d'avoir pis, tel qu'il est gardons l'homme !

P.-E.

ASPIRATION.

O Dieu dont, tout enfant, je bégayais le nom,
Sur mes jours au déclin fais briller ta lumière ;
Dans la lutte, ici-bas, tu connais ma misère,
Pour elle, au temps marqué, montre-toi le Dieu bon.

Quand l'ombre de la mort voilera ma paupière,
Que ce suprême instant soit l'instant du pardon ;
Quand ma voix, s'éteignant, rendra le dernier son,
Pour monter jusqu'à toi qu'il soit une prière !

A l'homme qui tombait tu laissas l'espérance ;
Sans maudire mon sort je consens à souffrir,
Si mon tourment finit où l'infini commence ;

Si, libre et s'échappant de sa prison mortelle,
Aux sublimes clartés, mon âme voit s'ouvrir
Du Dieu qui la créa la demeure éternelle !

P.-E.

TABLE.

DE MON MIEVLX